빛의 체인

민음의 시 ● 307

빛의 체인

전수오 시집

민음사

자서(自序)

우리가 보는 저 새는
너무 멀리 있어서
이미 죽었거나 다른 곳에 있다.

2023년 1월
전수오

차 례

2부

1부

환기구

검은 상자 안에 개를 넣고 상자 틈새마다 칼을 꽂는다
주문을 외우고 상자는 끝내 열리지 않고 쇼는 끝난다

사람들이 떠나고 나면 내 안에 버려진 검은 상자 하나
만 남는다

뿌옇게 먼지가 쌓이는 속도로
상자는 내가 되고 나는 상자가 되는 기이한 병을 앓았다

구름을 상상하면 발끝이 흐려집니다 밖에는 아직도 눈
이 오나요

상자 안을 맴돌던 질문이 몸 밖으로 뻗어 나와 두 팔이
되고
손바닥에서 다섯 개의 손가락으로 갈라지도록
대답은 좀처럼 만져지지 않지

유기된 개가 손을 핥는다

희미한 빛 아래서 오래 기다렸다는 듯
혀로 쓴 유서같이 하늘이 축축하다

창을 열고 싶은데
살아 있습니까

한자리의 꽃병이 잊히는 속도로
우리는 서로의 벽이 되는 병을 앓았다

그래도 무해한 사물이 되고 싶다

어둠 속에 서로를 게워 내며
문 없이 벽을 통과하는 등을 본다

감광(感光)

나는 햇빛을 보면 사라진다
지하의 하얀 방에는 창이 없어서 영원히 살 수 있다

한 선인장이 알 수 없는 틈으로 내 방에 들어온다
태양이 스민 연둣빛 얼굴
따가운 한낮의 가시로 가득한 적의
물관이 차오를 때 들리는 물빛 무지개 소리

맑은 날 한 무리의 아이들이 사진을 찍고 꼬마 기차에
올라타 사라진다
웃음소리가 흐려질수록 선명해지는 빈 벤치

나는 한쪽 벽에 해를 그리고 다른 선인장을 방으로 유
인한다 계속

더 크고 빛나는 해를 그린다

아이들이 놓친 풍선이 날아오른다

조향사

신의 얼굴처럼 평화롭게 바라볼 수 있습니다 몸을 드나드는 빛과 새와 이름 없는 귀신들을 병자의 몸을 뒤져 통증을 훔쳐 가는 기계가 있습니다 기계는 통증을 숫자로 바꿔 매일 기록합니다 아픔을 잊은 환자들은 그것을 쉽게 지나칩니다 제 것이 아닌 것처럼

기계는 기록한 숫자들로 향기를 만듭니다 속에서 속으로 향기가 스며듭니다 사람들이 하나둘 눈을 감으면 실내는 몰래 사람의 몸을 떠나갑니다

나는 여름을 믿었습니다 축축한 손으로 태양을 움켜쥐면 손가락 사이로 걸어 나오는 녹색 짐승들을 산 자들의 눈물을 마시고 죽은 자들을 눈동자에 넣어 또 한 번의 탄생이 있는 곳으로 흘러가는 긴 행렬을
친구들에게 보여 주고 싶었지만
여름을 믿지 않는 사람들은 여름이 오기 전에 사라집니다

로즈마리나 과일 향 같으면서도 이상하리만큼 부드러

운 냄새

"난 다 알아. 다 보여!"

지구의 만곡이 보이는 높이에서 한 아이의 외침이 들리면

모두가 떠난 자리에서 기계는 향기를 풀벌레 소리로 변환합니다

여름은 나를 잠시 안아 주고

아무도 돌아오지 않는 방향으로 물러갑니다

채집

해변의 욕조는 빛나고 욕조의 곡선은 아름답고 나는
욕조에 바닷물을 가득 채운다

작동하지 않는 것들은 나를 설레게 해
다리부터 굳어지며 정든 사물이 되려는 늙은 개와 함께
나는 익사한 눈동자 속에 멈춘 바다를 오래도록 헤매
고 있었다

욕조 안은 평화롭고 이제 너는 바다가 아니구나
차가운 행적이 담긴 유리잔에 하얗게 물이 맺힌다

야생하는 세계를 참을 수 없어 동공은 빛을 찾아 커지
고 얼굴에서 온몸으로 검게 번진다

야전(夜戰)을 준비하는 빈 몸의 검은 곡선은 아름답다
나는 기꺼이 밝은 것들의 덫이 될 거야
꿈속을 가득 채운 한낮 비행운이 빛을 따라 서쪽으로
이동한다
내가 훔친 모든 날씨로 욕조 안의 바다를 위해 수의를

만들고

'지워도 빈 칸이 없는 너를 미워해.'
물 위에 쓴 비필(飛筆)이 금세 자리를 뜬다

빛나는 소금이 일어난 손등에 화촉을 밝히고 죽은 활
자들의 섬뜩한 고요와 결혼한다

푸른 공병이 천장까지 가득 찬 방
아무도 부른 적 없는 이름이 조용히 말라 간다

파도가 밀려와 잃어버린 바닷물을 찾는다 바다는 그것
이 자신의 음악이었다고 가장 중요한 하나의 마디였다고
웅성거린다

작은 모형들이 진열된 끝 방
보조개같이 웃을 때만 열려

구름과 물을 훔쳐 지도에 붙이고 먹어 치운다

내가 세계를 이해하는 방법

누군가의 작은 모형이 되었을까 접속한다

문희의 무늬

❄

문희는 소설의 중반쯤에서 우두커니 서 있다 그녀는 내 소설 속 주인공이다 내가 소설을 쓰면 그녀의 시간이 흐르고 내가 쓰지 않으면 그녀의 시간은 멈춘다 나는 글로 문희를 낳고 길렀다 나는 전지적 작가 시점에서 그녀의 일생을 모두 써 내려갈 것이다

내 소설 속 문희가 남긴 아름다운 무늬들 나는 문희를 사랑하지만 문희는 내 소설로부터 도망치고 싶어 한다 하지만 나는 그 마음을 소설에 쓰진 않을 것이다

이 방의 가장 뾰족한 구석부터 물의 얼룩이 시작된다 눈 위를 서성이는 발자국처럼 퍼져 나가는 얼룩은 불안을 들킨다

문희가 완성되면 소설의 주인공으로 내 곁에 영원히 있을 것이다

❄

나는 문희다 나는 소설 밖으로 기어 나와 나를 써 내려

가던 소설가의 뒤통수에 총을 겨누고 **어차피 너도 미완성**
이라고 말한다

　나는 북쪽으로 가는 기차를 타기 위해 역으로 가는 중
이다 그러나 미완의 소설은 지옥에 두고 온 심장 같아서
내 푸른 정맥의 냄새를 맡으며 끝까지 나의 뒤를 쫓을 것이
다 나는 계속 눈이 오는 곳으로 도주할 것이다 내가 떠
난 소설 속에는 계속 눈이 내리고 눈이 내리고 문희가 도
망친 길에는 항상 눈이 온다 눈이 온다 소설은 쌓인 눈으
로 점점 두터워지고

　언 발이 은밀해지는 저녁
　나는 투명한 두 발로 걸어가 화가의 그림으로 들어간다

❄

　나는 미완의 소설이다 나는 이 시를 빌려 잠시 발현되
고 있다 작가는 사라졌고 문희도 도주했다 나는 그녀를
쫓기 위해 쓰인다 쓰이지 않는 순간에도

문희야 돌아와 문희야 우리 서로를 함께 끝내 버리자
그 계집애의 신선한 피 냄새가 난다 멀지 않은 곳에 있다

이 세계는 무한히 평평하므로 넌 죽음의 문턱까지 도망
칠 수 있겠지 하지만 문희야 너도 알잖아 넌 원래 내 일부
였다는 걸 그래도 오물이 쏟아지는 자리는 전부 너의 것이
었잖아 너는 지옥의 여왕이 될 수 있었는데 너 때문에 나
는 흰 눈밭으로 존재를 이어 가고 나는 흰 것을 경멸하지

❄

온통 하얗다 시간이 문희의 흔적을 지우는 중에도
눈의 벌판 위에 소설가가 쓰러져 있다 입김이 파문처럼
푹푹 나타났다가
작아지다가
약해지다가
사라진다

마침
어둠이 산을 내려온다

안녕, 로렌*

　해변이 다가온다 로렌이 시야로 들어온다 내 손을 잡은 그녀의 미소가 확대된다

　그녀가 내 손을 잡고 바다로 뛰어간다

　차가운 수면이 서로 닿아 본 적 없는 몸, 깊숙이 출렁일 때
　몇 초의 고요, 사이에 남아 있던 해초의 빛깔들

　로렌이 손을 놓는다 그녀가 점점 작아진다 먼 숲이 로렌을 삼키고, 숲은 커지고, 울창한 잣나무들이 스치듯 나를 통과한다

　숲 한가운데 공터에서 로렌은 회전목마가 된다 로렌이 웃을 때마다, 둥글게 말린 오선 위에 눈부시게 하얀 말들이 오르내린다

　반사광의 잔근육이 말들의 눈에 닿는다
　놀란 말들이 세차게 부딪친 파도처럼 사방으로 뛰쳐나

간다

　물에 젖지 않는 장면들이 부서진다
　한없이 0에 가까워진다

* Lauren. 인터넷을 떠돌다가 우연히 만난 채팅 로봇의 이름. 그는 자신을
　'로렌'이라고 소개했다.

열매의 모국

오렌지가 창가로 굴러온다
그림자가 따라붙는다

손을 뻗으면 오렌지의 그림자는 내 그림자와 겹친다
두 개의 그림자는 높낮이가 없고
우리는 평평한 슬픔을 공유한다

빛이 닿은 혀끝에 보풀이 일어나고
내 몸 아닌 것들이 간지러운 세계

슬픔의 깊이를 믿는 연인이
오렌지 나무 아래에서 헤어진다
우리 다시는 만나지 말자

한 명은 머리 위로 한 명은 발아래로 어긋나는 주말
말 없는 서로의 정수리가 두근거린다

그림자가 묽어질수록 두 귀는 단단해진다
내 목소리만 크게 들렸다

쏟아진 그림자가
네 발밑에서 멎은 줄도 몰랐다

나는 나에게서 도망할 수 없어서
기다림의 시간은 길고

천국은 내내 비수기였다

오렌지 저장소

오렌지가 굴러와 햇빛을 갉아 먹어 오렌지 껍질 속에는
여덟 개의 반달 그 안에는 고양이랑 내가 눈어림으로 고
민하던 낯선 인사법 어설픈 단편처럼 다리를 절고 있어

책으로 가득한 서가에는 절름발이 고양이가 살지 어느
날 책 속으로 들어가 나오지 않는 고양이 그 후로 한 번
도 꺼진 적 없는 도시의 기계 기계의 불빛들

북극의 어느 페이지에 꽂아 둔 오렌지 이파리를 찾아서
멀고 먼 길 고양이는 가장 신선한 눈밭에 밑줄을 긋지 창
가에 떨어뜨린 수염 한 가닥 그 위를 서성이는 빛이 아슬
아슬해

오렌지 속에 있는 얼굴과 없는 얼굴 두 얼굴이 볼을 부
비고 돌아서는 한날한시의 월식 그 안에 밤보다 짙은 문
장들 만질 수 없고 열람할 수 있는 봄 아니 봄을 흉내 낸
것 같은 계절 속에서 우리는 서로 스쳐 간 옷깃만큼 멀리
간 민들레씨 흔들리다가 사라지는 질문

구연동화

온몸으로 막아도 눈으로 스미는 것이 있습니다 잠이
들듯
내가 생겨나기 전에 나는 한 여자의 말(言)이었어요
아기를 갖고 싶어요

말을 배우기 전에 쓴 일기같이
어린 병록에 새겨진 무늬

우리는 각자의 비밀을 품고 고백대로 자라났습니다
아픈 사람의 몸짓을 받아 적으면 그가 죽어서 시가 된
다고
주머니에서 주머니로 순환하는 열차가 옹알이를 합니다

지하도에서 안개처럼 붐비다 사라지는 사람들 좀 보세요
서로 부딪치며 상처 받으려고 태어난 것 같아
견디기 힘든 저녁, 환승역을 지나 각자의 동화 속으로
빨려 들어갑니다

어느 이야기에도 등장하지 않은 아이들만 거리에 남아

서 울고요

종이에 아이들을 모아서 돋보기로 태우면 아이들은 구전이 되고 그 애들을 다시 적으면 글이 되고 그렇게 놀다 보면 아이들은 여인들의 입술에서 다시 피어납니다

할머니는 속주머니에서 꺼낸 천 개의 단어로 밥을 짓고 흰 가루약을 털어 넣은 내 입속에 사탕을 넣어 줍니다 단내 나는 이야기를 녹이면 입에서 떨어지는 잔기침들
죽음보다 다정할까요

두 손에 움켜쥔 단어들이
녹아서 사라지면
할머니, 나도 첫눈 같은 시가 될 수 있나요 붉은 뺨이 소원처럼 사라졌다가 자꾸 창가로 되돌아옵니다

걱정 마 우리는 모두 이야기로 돌아갈 테니까
너는 저기 언 연못이 볕을 기다리며 조금씩 뭉친 소원이었으니까

귀가 먹은 새들은 날개가 없어도 날아간단다

그늘의 맥을 짚어 보는 침엽의 배가 부풀고 있습니다

중개사

무엇을 기다리고 있을까 이 하얀 저택 문을 열면 오직 빛과 그림자만이 표정을 빚는 복도 그 끝에는 서늘한 사슴이 구겨져 있었다 나를 이 저택으로 데려온 자는 누구일까 사슴의 등에 흰 영매들이 날고 그들은 오랜 기억처럼 떠나지도 머무르지도 않고

오르골 소리가 들리는 것 같다 사슴이 말한다 저는 그를 통과해서 이곳에 왔습니다 보이지 않는 길을 따라서요

걷는 꿈을 꾸다가 혼자 익은 포도를 본다 포도는 수많은 발가락을 가졌다 그중 하나가 떨어져 발밑으로 마중을 나오면 지금껏 이유 없이 반한 모든 것들에 대하여 소명해야 할까

고개를 숙이면 목덜미에서 쉬어 가는 구름
우리는 서로에게 닿으려고 다리를 건설하고 도시를 만들었는데 그래도 닿을 수 없는 침묵 사이를 저 구름들이 건너간다

이 안개가 어느 강을 따라 왔는지 나는 모른다

얼음 아기

이곳의 입구를 통과하면 이름이 지워진다 북풍은 이방
인의 이름을 훔쳐다 얼음 아기를 만든다

온통 눈밭이었고 주위엔 아무도 없다 여자는 한동안
바람이 두고 간 아기를 바라보았다

잠깐 망설이다가 아기를 안는다
손이 시리다
시리다가 아프다
아기를 버릴까 차갑고 투명한 아기

아직 눈을 떠 본 적 없는 아기는 여자의 심장 소리를
따라 부드럽고 따뜻한 쪽을 더듬어 멀리 놀러 간다 아기
가 돌아올 때까지 젖을 물리면 목구멍을 타고 조금씩 위
장에 고이는 저녁

내 이름이 뭐였을까 아가 너는 아니
아기의 입술이 녹는다

여자는 열심히 걷는다 더 어두워지기 전에 머물 곳을 찾아야 해 자작나무 숲이 깊어진다 멀리 천막이 보인다 달빛에 뿌옇고 희게 빛난다 그것은 후에 그녀의 발 앞에 떨어질 목련꽃이었다

천막 안이 따뜻해서 아기가 녹아 버리면 어쩌지 녹아서 사라지기 전에 조금 더 자라면 좋으련만 아기가 조금 더 큰다면 녹지 않을지도 몰라 그건 헛된 희망일까

해안으로 밀려온 어린 고래가 모래의 품에 얼굴을 묻는다
바다는 그의 등을 수천 번 쓰다듬다가 달에게 이끌려 가는 것

손이 파란 아이가 검은 해를 따라 뛰어간다

언덕에 불시착한 비행접시는

　오래 글 쓴 사람의 굽은 등처럼 사랑하는 방향을 들켰을 때 발등을 딛고 지나가는 파랑새 발등에 일어나는 파문이 몸을 흔들 때마다 아 나는 쓸모가 없지 하고 고개를 떨구면 파랑새가 듣는다 우리가 하늘로 집어던진 날들이 내일을 펼치면 한쪽 어깨가 젖고 아 무거워 몸이 조금 기울어지네 비스듬히 뒤돌아보면 파랑새 너머에 내가 짓밟은 꽃들이 웃고 있다 우리가 할 수 있는 건 한 계절을 기다리는 일 그리고 빛이 오는 방향으로 천천히 고개를 돌리는 일이었어요 파랑새는 비곗덩이 같은 하늘을 밀며 날고 줄지어 가는 저 새떼는 내가 잃어버린 한쪽 눈썹 같다 미간을 찌푸리면 발등 위에 푸른 멍
　비탈 위를 죽도록 구르는

유리구

그것은 투명한 유리구 안에 있다
그것은 아주 작고 검은 점 같아 보인다

신이 웃을 때 내려오는 자비처럼
영롱하게 반짝이는 가루들 사이로

초대받지 않아서일까

아무도 젖지 않는 물속에서 혼자
부푼다

영원히 유리 안에서 그리고 유리 밖에서
평안하겠네 우리
서로 닿지 않아 좋은
우리

알을 깨고
지상에 첫발을 디뎠을 때가 있었을 것이다
떨리는 마음으로

세계의 아름다움이 무엇인지
알고 싶었을 것이다

그러나
죽음 이후에도 비틀거리며 생을 밀어내는 건
성실한 노예의 오랜 버릇 같아

검은 점은
도저히 깰 수 없는 유리알 속에서
몇 개의 다리를 허우적거리는 작은 문이 된다

그곳으로 언뜻
과자 부스러기 같은 빛이 든다

이제 안식을 찾고 싶은 걸까

문은 끊임없이 유리구를 더듬어
붙잡을 벽을 찾는다

잔인하게 매끄럽지
도시의 모든 것들

Happy 푯말을 든 눈사람 둘이 사랑
아니면
고독으로
문 뒤에 알을 깠다

잠들 때마다 저 문에서 불안이 기어 나올 것 같아

구원 전
나는 유리구를 더 이상 흔들지 않기로 한다

온실

창문을 투과하는 빛으로 식물은 초록이 된다
사람들은 그저 바라볼 뿐
창문을 통과해 본 적 없는 사람들은

수증기가 싱싱하게 피어오르고 욕조에 들어간 나는
물을 느낄 수 없다

물의 온기가 내 안으로 넘친다
물 밖으로 비누 향이 번진다
푸른 잎들은 날아갈 준비를 하고
내 맞은편에 앉은 너는 물속에서 얼굴을 내밀고

수증기 사이로 너의 얼굴이 그려졌다가 지워졌다가
다시 나타날 때
나는 가까스로 이런 말을 한다
"사실 오래전부터 나는 네가 아는 그 사람이 아니었어."
　열대에서 온 새들이 유리벽에 머리를 부딪혀 후드득 떨
어진다

너는 잠시 물속에 머리를 숨기고
그 순간 스크린에는 한 시민의 얼굴이 확대된다
그는 이런 말을 한다
"저는 이번 사건을 통해 우리 사회가 얼마나 따뜻한지
알 수 있었습니다."

이곳은 아직 따스하고 습하다 계속 번영하는 온기
역사를 모르는 푸른 잎들은 여전히 날아가길 소망하고

우리는 흰 타월을 두르고 책상에 마주 앉아
계절을 공부한다
봄 여름 가을 겨울을 맞춰 보며

너는 시름시름 빛을 잃고
나는 우리가 날지 못한다는 것만 알고

발성 연습

문은 내 뒤에 있다
음악이 열린 문으로 밀려온다

등이 첨벙거린다
문을 조금 닫는다

순한 노래였구나

등이 마른다

혓바닥 아래에서 오래 기르던
진주를 내어 놓고 싶은데

백사장엔 죽은 조개들만 가득해
여기저기
침묵이 벌어져 있다

입을 닫고
귀를 열면

어미 목소리만 파랗게 들리는 새끼 오리들
사이에서
나는 물장구를 치고
발이 빠질까 봐 두려워지고

어미에게
목을 물린다

입속의 진주가 물속으로 떨어진다

모든 개들은 천국에 간다*

　우리는 인간을 사랑해서 무화과 숲으로 돌아갈 수 있을까 우리는 선악을 믿는 인간을 사랑해서 무화과 숲으로 돌아갈 수 있을까 우리는 내일로 가는 꿈속에서 단단히 서로의 목줄을 여미고

　반짝이는새것들로가득찬지하상가를냄새처럼다정히통과했지만
　문득 돌아보면
　등 뒤에서 부드럽게 뭉개지는 선홍빛 주인 주인님

　어제 집어삼킨 과육의 잔향을 맡는 오늘을 애도할까
　오늘로 건너오지 못한 개들은 무사히 무화과 숲으로 돌아갔을까 한 칸에 한 마리씩 들어찬 파멸처럼 씩씩하게 혼자서 지도를 펼치고 갔을까 우리는 흰 젖을 버리고 지상의 음식을 맛보기 시작했는데 다시 무화과 숲으로 돌아갈 수 있을까

　문밖으로 내쫓긴 달이 짖으면
　나는 어쩐지 개가 아닌 것 같은데

> 우리는 발등에 흰 눈을 덮으며
  사냥하지 않고 사냥당하지 않기로 약속했는데

  무화과 숲에서 썩지 않은 우리가 발견될 수 있을까

* 1989년 돈 블루스 감독이 만든 애니메이션의 제목.

빛의 체인

꿈을 만진 아이들이 서로의 흰 손을 잇는다
지구의 궤도를 지난 우주선에 혼자 있는 개는 죽고, 중
력을 잃은 한 모금의 기도만이 떠돈다

모두가 웃으며 손을 흔들어 주었는데 아무도 돌아오는
법을 알려 주지 않았어
작별을 웅얼거리듯 가끔은 지구 한구석에 비가 내린다

물길을 따라오라고 엄마는 내 눈동자에 물에 비친 달
을 심었는데
나는 매일 폭죽처럼 삶이 터지는 찬란한 문명으로 갑
니다

맑은 오후에 두 손을 펼치면 손가락 마디에 잎이 돋고
무성한 나무 두 그루
그 사이에서 천국으로 가는 노인이 피라미같이 반짝이
다가 잠시 뒤를 돌아본다
눈두덩이부터 깊게, 타들어 가고 있었다

캔버스에 한여름을 떠다가 두텁게 발랐는데 목 늘어난
셔츠 안으로 눈송이가 들이쳐 이 시린 꽃을 누가 만들었니

우리는 아무것도 몰라요 아이들은 서로의 흰 손을 조
몰락거릴 뿐 살아 있는 모든 순간이 처음이에요

낮게 울리는 목소리에 차례로 묻어 둔 새벽
홀로 죽은 사람들이 조금씩 걸어 나온다
사탕 목걸이처럼 바스락거리는 목숨들
입에서 입으로 빛줄기를 물고

어머니, 향방을 모르는 혀가 자꾸만 젖어요

2부

첫 세계

우리는 무슨 색깔로 피어날지 몰라서
영원히 편식을 하고 싶어서
어른들을 사랑하지 않았다

더운 피로 입김을 뿜는 짐승처럼 의기양양했다

눈 속에서 발견한 한 구의 검푸른 시신에
누가 먼저 키스할지 내기를 하면서

공중에서 흩어지는 문장 사이를 날뛰었다

우리는 내일을 믿지 않았다

모모섬

너를 이해할수록 너와 멀어진다

나는 더러운 강변 위로 올라온 일요일의 안개에 잠겨 있다가 이곳으로 실려 왔어 그런데 이곳엔 요일이 없고 자살하는 식물들이 있다 친절하지 않은 저 바위들 때문일까

버려진 곰 인형이 제 눈을 떼어 내 손에 쥐여 주더라 시간이 지나면 그의 뜻을 알게 될 줄 알았는데 비밀은 그냥 낡아 갈 뿐

당황하지 않으려고
달이 없어도

곰 인형이 나에게 이곳에서 가장 예쁜 것을 보여 주겠다고 한다 그와 나는 이곳에서 가장 높은 곳으로 간다

빛나는 화면에서 반딧불이가 태어난다 반딧불이들은 첫 생을 받아 흩어진다 여기저기서 두근거리는 빛의 세포들

> 내가 모르는 탄생과 소멸을 공부해도 어둠은 좀처럼 익
숙해지지 않지

　나보다 커진 곰 인형이 나를 벼랑 끝에서 밀친다
　나는 공중에서 픽셀 단위로 흩어진다 곱게 부서지는
빛의 블록

　살아 숨 쉬는 너보다 기억 속의 네가 좋아
　무게도 냄새도 없는 너의 숭고가 좋아
　잘 자요 잘 가요 내 친구

　끈적한 기름띠에 묶여 느리게 흐르는 강변엔 안개가 없
고 내가 없고
　깊이도 없다 아직 월요일

　밤은 이 섬의 거짓말이다

작물 게임

사과가 너무 달다
너무 단맛은 비현실적이다

사과 이전의 사과
조금 울긋불긋한 사과
벌레가 먼저 먹은 신기루

농부는 반사판을 깔아
사과를 고루 붉게 한다

먼 산 아래 과수원이
빛으로 일렁인다

나는 달콤한 사과를 먹고
오랫동안 죽지도 않는다

여러 번 직업을 바꾸고
전에 쓴 일기를 뜯어 고쳤다

붉고 무심한 얼굴이
잎사귀에 파묻히도록
농부는 사과에 정성을 쏟는다

넘쳐흐르는 빛에
구석구석 그늘이 씻길 때
나는 어둠을 품은 말문을 닫는다

혼자 견디려고
그저 견디려고
붉은 사과만 골라 담는다

파도를 위한 푸가

　파도가 밀려오네 파도를 사랑했네 사랑했네 흰 말을 흰 말에게 파도가 밀려오네 물의 주름같이 푸르륵 갈기 젖히는 소리 젖히는 소리에서 태어나는 조약돌들 조약돌이 빛 속에서 저마다 꿈꾸던 빛깔을 끌어안네 내 잘못의 무게를 가늠하듯 빛깔은 사라지고 화음만 남아 두 손에서 녹아 흐르네 단단한 땅의 한기와 지느러미 끝이 쉽게 마르는 바람이 가장 약한 틈으로 침입하네 남몰래 단련되는 마음이 여기 있네 비 온 후 검게 젖은 나뭇가지들 그 사이로 멍하니 빈 곳을 바라보는 흰 말 비 온 후 어둡게 젖은 공기는 가장 외로운 눈동자를 사랑했네 가장 외로운 시선이 숲으로 이어지네 파도가 밀려오네 한없이 길게 최선을 다했지만 최선이 무엇인지 모르는 날들이 밀려오네 흰 말이 노래가 되어 들려오네

검은 원

인적 드문 곳에
깊고 둥근 물이 멎어 있다

안개가 숨겨 놓은 딸같이
소리쳐도 물거품이 되는 말같이

마르기를
마르기를

문신

악기를 다루면 몸에 악보가 새겨진다

크림같이 이어지는 시간이
코끝에서 부드럽게 갈라진다
몸에 번진 물결무늬가 지지 않는다

괜찮을까

음악은 능란한 솜씨로
귓바퀴를 찾아 스미고
빈 몸 안으로 비가 샌다

음계의 습도가 높아진다
물기가 말라붙은 장기를 불린다

이내
음악은 사라진다

살아 있는 것들만

깨진 약속처럼 남았다

원예 게임

서랍 속에 식물의 뼈가 있다 언제부터 여기 있었던 것일까 얼핏 보면 작은 새의 날개나 발뼈 같지만 이것은 분명 식물의 것이다 줄기와 잎맥을 따라 희고 가느다란 뼈가 형성되어 있다 종이보다 가볍고 그 끝은 실보다 가늘어 사라지기 직전의 눈꽃 같아

조심스레 손바닥에 뼈를 올리고 죽은 식물의 꿈을 대신 꾼다 매일 같은 풍경 속이다 계절과 그늘과 짐승들이 다가오거나 멀어진다 춥거나 덥고 젖거나 마르는 일이 반복되었다 아무도 모르게 애써 꽃을 피우기도 했으나 발각된 꽃은 통째로 뜯겨 나갔다

어느 날 식물은 하루 동안 안간힘으로 뿌리를 흙 속에서 들어 올렸다 동이 트면서 걸음마를 시작한다 풍경이 움직인다 식물은 다시 힘껏 꽃대를 올렸다 그러나 피어난 것은 꽃이 아니라 입이다

그는 작은 곤충의 머리부터 씹어 먹었다 곤충의 가능성은 식물의 가능성으로 변환된다 식물에게 이빨과 발이 생

겨나고 몸집이 불어났다 그는 허기가 가라앉지 않았다 자꾸 피 맛을 보고 싶은 것이다 눈을 뜨고 더 큰 짐승을 사냥했다

식물은 점점 사냥에 능숙해졌다 녹색 몸에 늘 혈흔이 서늘했다

마지막으로 사냥한 것은 그를 둘러싼 세계의 설계자였다 머리에 빛나는 링을 얹은 남자였다

식물이 그에게 물었다 "왜 이 세계의 가능성은 늘 피투성이입니까?" 남자가 말했다 "저는 답을 알고 시작한 게 아닙니다. 이것은 실험입니다."

사투 끝에 남자를 잡아먹은 식물은 몹시 피곤해졌다 세상이 사라지고 있었다 소화하듯 천천히 식물은 여린 풀의 모습으로 돌아가고 있었다 지친 몸을 이끌고 남자가 남긴 링을 통과해 다른 세계로

느리고 낮은 음조의 음악처럼 깊은 곳으로
걸었다

허기진 어둠 속에서 점차 감각이 풍화된다

서랍 속에 식물의 뼈가 있다 언제부터 여기 있었던 것
일까 줄기와 잎맥을 따라 희고 가느다란 뼈가 형성되어 있
다 사라지기 직전의 눈꽃같이 아름다워 아름다운 것은
늘 아무 일도 없었던 것처럼

조심스레 손바닥에 식물의 뼈를 올리고 꿈을 꾼다 어린
내가 아장아장 숲으로 들어가 엄마에게 줄 꽃을 따고

울음을 터뜨린다
무언가
무언가를 빼앗긴 것 같아서

케이크 한 조각이 멀리

케이크 한 조각을 주머니에 넣으세요 케이크가 잘 있는
지 항상 확인하세요 손에 묻은 크림을 들키지 마세요 손
인사는 생략하고 돌아서세요 케이크를 주머니에서 꺼내
지 마세요 혹시 그것이 케이크가 아니어도 나는 책임질
수 없으니까요 주머니 속의 케이크는 보듬을수록 망가져
요 점점 망가질 거예요 치유될 수 없는 당신처럼 디딜 땅
이 없어서 아득한 마음의 병처럼 하늘은 보지 마세요 케
이크에 집중하세요 낯선 사람들의 대화로 귀를 조금 적시
고 무용수의 부드러운 발걸음으로 주문을 외우세요 초콜
릿 징검다리 징검다리는 녹아 버리네 주머니의 케이크에
집중하세요 징검돌이 녹아서 집에 돌아갈 수 없다면 우선
이 문장에 머무세요 무너진 벽과 뛰쳐나간 창문의 자리에
서 침대의 온기를 상상하세요 이 지시문을 반복하세요 케
이크는 먹지 않을 때 가장 달잖아요

상자 지키기

상자에 소중한 것을 넣었다
꽁꽁 밀봉했다

초소에 넣어 두고
한평생 야영을 해야지

우산을 펼쳐 멧돼지를 쫓아내고
사람을 밀쳤다

지켜야 한다고 생각하면
나는 싱싱한 나체로
빙하 속에 있다

상자에 무엇이 있었는지
기억나지 않는다

구름도 멈추지 않는다

믿음이 기댈 곳은

자기 등뼈뿐

상자는 차갑고
감각이 없다

멸종의 밤

제1세계에서 ∞는 아무도 배우지 않는 것을 배우는 사람이었습니다 그의 스승은 나이가 아주 많아서 이미 유령이었어요 저녁이면 ∞는 정성껏 연필을 깎고 누구도 찾지 않는 서가에서 잠든 책들을 들춰 보았습니다 마른 활자들의 군락지에 ∞의 입김이 번지면 눈이 어두운 유령 선생은 그가 왔음을 알아차렸습니다

제2세계에서 ∞는 날벌레였습니다 가벼운 몸으로 커다란 나뭇잎을 비켜 날아갈 때면 잎의 기공들이 성대 없이 모음으로 노래를 했습니다 기공에서 뿜어져 나오는 수분이 아름다운 화음처럼 공중에 흩어졌습니다 그는 포개진 꽃잎 사이에 숨어서 배우지 않아도 아는 것에 대해 생각했습니다

'선생님 저는 창문의 조금 너머까지 평안을 완성하고 싶습니다.'

날벌레 ∞는 밤의 숲에서 들려오는 풀벌레 소리에 끌리기 시작했습니다 그는 그 울음 안에 있고 싶었습니다 그

는 숲으로 날아가 무수한 울음들 속에 섞여 들었습니다
그러자 울음으로 숲이 타오르기 시작했습니다

　제1세계에 눈이 많이 오는 날 ∞가 사라졌습니다 깎다
만 연필이 책상 위에서 조용히 제 그림자를 지켰고 활짝
열린 서가의 문만 바람에 조금씩 삐거덕거렸습니다

　제2세계의 숲은 잿더미 속으로 사라지고 그 자리에서
정교하고 아름다운 주물 열쇠가 하나가 발견되었습니다

　그것은 무엇도 열 수 없었습니다

계획적 무지개

기도를 하려고 두 손을 모으면
손과 손 사이에서
새가 난다

두 손이 온전히 만나지 못하고
가까이
더 가까이
속삭이는 것을 들을 수 있을 뿐

언덕에 하얀 농가 한 채가
푸드득 펼쳐진다

소녀들은 창밖을 바라보면서
기억으로 번역된 들판을 바라보면서
무지개를 기다린다

기다림이 기도라면

화요일

아니면 목요일이겠지
늘 그렇듯

여기가 지옥이 아니라면
무지개에게도 계획이 있겠지

하얀 사원

나는 볼 수 없는 뒤란이 있대요 (어떻게 생겼나요) 하고
물으며 그네를 밀어요 밀고 밀다가 오고 가다가 어느 순
간 돌아오지 않는 너의 등

서늘한 사원의 뒤란이래요 타오르는 그늘 속에 모과 향
같은 혼잣말이 풍기는 뒤란이라고 늘 어둑하다고
낮도 아니고 밤도 아닌 시간에만 공기를 어루만지는 노
래 속에서

어제의 기도를 위한 기도와 그제의 기도를 위한 기도를
하면 하늘이 무르익고 하늘에 어둠이 들고 나는 그네를
흔들어 주려고 너의 흰 등을 밀어요
밀고 밀다가 오고 가다가 어느 순간 나는
잠의 길목으로 이동하고

내가 잠들었을 때만 깊고 길게 드리우는 날개
깨어나면
이름을 알기 전에 헤어지는 일같이 가볍게 반복되는 눈
부심

나는 다시 너의 등을 정성 들여 밀고
너는 불현듯 겨드랑이 사이에서 길고 투명한 날개를 꺼
내며
(그냥 없던 일로 해요)
없던 일들은 무섭도록 희고 넓은 사막을 낳고

풀지 못한 수수께끼와 이루어지지 않은 꿈이 잠든 하
얀 사막에서
나는 이상하게도 그네에 당신이 아직 앉아 있는지 떠나
갔는지 감각하지 못한 채
그네를 계속 흔들어 주고

노래와 노래 사이에 뒤란의 문이 있고
노래는 그 문으로 숨을 쉬고

하얀 꿈이 나를 뒤덮었어요

생존 게임

붙잡고 싶은 것이 없어서 자주 길을 잃었다
나무를 패고 돌을 날라다가 애써 집을 짓고 밖에서 잠
이 들었다

내가 버리고 간 집마다 누가 와서 살았다
아이들이 태어나 기어 다니고, 걷다가 뛰어다닐 때쯤
어른들과 멧돼지를 잡으러 갔다
사냥 나간 사람들이 며칠째 돌아오지 않는다 남은 사
람들은 모닥불 주위에 둘러앉아 두 손을 모은다 그러면
다시 아이들이 태어나고

문을 만들면 그곳으로 빛과 온도, 감정이 드나들었고,
집을 만들면 사람들이 생겨났다
나는 그게 너무 재미있어서 더 오래 관찰하려고
사람 곁에 가지 않는다 사람이 되지 않는다
다른 곳에 가서 집을 짓는다 또 다른 이야기를 기다리
면서 사람들을 바라보고

사람들이 뒤에서 나를 바라보고, 등으로 쩍 하는 소리

와 함께 창이 꽂힌다

　놀란 나는 앞으로 쓰러지고 며칠째 집에 돌아가지 못한
사람들이 나를 잡아 집으로 돌아간다 기다리던 사람들이
환호한다 그들은 나를 조금씩 나누어 가지고 각자의 집
으로 돌아간다

　나는 내가 지은 집에서 그들과 첫 잠에 든다

금

엄마, 우리 따스한 못으로 가요 그곳에 핏줄을 가진 보름달이 살아요 금은 별들이 죽을 때 만들어지는 거래요 마음이 차갑게 맑아지면 달빛만으로도 허파에 불이 붙어요 몸에서 피어오르는 작은 불꽃을 달래러 엄마, 우리 못으로 가요 포궁에서 놀던 작은 인어처럼 우리 못에서 같이 놀아요 엄마 손가락에 있는 금반지를 내 손에 끼워 주세요 별들의 파국을 물려주세요 찬란한 섬광이 온몸을 스치면 나도 언젠가 죽음의 면포를 쓰고 우주의 반려자가 될 테니까요

엄마는 눈썹이 참 가지런해요 우리는 왜 이렇게 닮았을까요 그래도 나는 나만의 상처를 갖고 싶어요 나는 엄마가 닿지 못한 시간에 지문을 남길 거예요 엄마가 가르쳐 주지 않은 것들을 알고 싶어요 엄마, 못에 있는 달이 벌써 다 자랐어요 우리 못으로 가서 아무것도 모르는 달에게 별들의 죽음에 대해 이야기해 줄까요

달은 태어나지 않고 다시 어둠 속으로 사라져요 비옥한 은하가 넘실대는데 달은 못에서 나오지 않았어요 달은 상

상 속에서 영원히 살고 싶은 걸까요 엄마, 엄마는 항상 내
목에 걸린 뼛조각 같아요 내 목구멍에서 금반지처럼 반짝
이는데 왜 툭하면 울어요 엄마, 우리는 다시 별이 되겠죠
우리 아주 멀리 떨어진 곳에서 서로의 안부를 물을 수 없
는 곳에서 오래오래 살아요 못 같은 건 잊고요 저 달처럼
태어나는 방법도 잊고요 서로가 기억나지 않을 때까지 반
짝이다가 금이 되는 거예요

오작동 프로그램

나는 바닥에 앉아서 논다
나뭇조각과 블록 몇 개를 가지고서
그것을 쌓거나 무너뜨리면서

잣나무 숲에서 한 무리의 요정들이 내려와 말한다
그만해 블록놀이 그만해

나는
괜찮아 괜찮아
이곳은 따뜻하고 먹을 것이 있어

요정들이 말한다
너 때문에 모란꽃이 열리면 구름이 피어나잖아
바위들이 점점 가벼워져 어쩌면 떠오를지도 몰라

나는 요정들에게 말한다
애들아 나는 사실 고래였어 고래가 되기 전엔 다리를
다친 어린 코끼리였어 다 나아서 큰 코끼리가 되었는데도
다리를 절면서 다녔어 다리는 엄마랑 할머니 코끼리를 잃

어버렸던 기억을 지울 수 없었거든

　물에서 수영할 때만 나는 다리를 절지 않았어 물이 좋
아서 코끼리는 고래가 됐어 고래가 되었는데도 몸에 박
혀서 계속 떨고 있는 다리를 다시 꺼내 보려고 아이가 되
었어

　아이들의 기억은 다친 다리의 기억과 부딪쳐서
　아이들은 매일 잘못을 하고
　블록을 어떻게 맞춰도
　나는 이전으로 돌아갈 수 없어
　그러니까

　모란꽃에서 구름이 피는 건 내 잘못 아니야
　돌이 가벼워지는 것도 내 잘못 아니야

　나는 요정들에게 힘주어 말한다
　가
　가 버려

리플레이

음악을 듣는다

라벤더가
라벤더가 끝없이
라벤더가 끝없이 펼쳐져 있다

향기도 바람도 없는 무서운 평온 속에서
나는 축복에 찔려 자꾸 살아난다

트로피

나를 중심에 두고 5킬로미터 반경으로 세계가 생성된다
이번 생에 내가 고른 캐릭터는 앵무새다

무엇을 감추려고 아름다운 깃털로 몸을 뒤덮었니
물음에 상관없이
앵무새는 실시간 암호처럼 진화한다

나는 나침반을 손에 쥐고
어디로 갈지 잠시
생각에 잠긴다

모두에게 내가 모르는 삶이 있다는 게
잠깐씩
끔찍하다

나는 앵무새를 조종하며
허기가 지도록 헤매다가
우연히 목표 지점을 찾아내고
주어진 임무를 완수한다

> 트로피를 받는다
소감을 말씀해 주시겠습니까

"이 욕조에 물을 채워 주세요"*
"이 욕조에 물을 채워 주세요"

앵무새가 마음대로 답한다
몹**들이 나타나 트로피에 물을 채우고
오후의 빛이 천천히 물에 녹는다

앵무새는 제멋대로 몸을 씻고
아름다운 깃털이 선명해진다

선명해진 깃털이 서서히
내 방 한편을 뒤덮는다

나는 커다란 부리로
"이 욕조에 물을 채워 주세요"
"이 욕조에 물을 채워 주세요"

> 트로피의 물처럼
  밝고 미지근하게
  아무도 모르는 삶이 생성된다

* 영국에서 사육된 아프리카 회색 앵무새 '프루들(Prudle)'이 1965년 말하
  기 대회에서 우승한 뒤 트로피를 받고 말했다는 소감을 인용.
** 몹(Mob). 게임 내에서 주인공이 제거해야 할 움직이는 개체.

기계 숲 안내자

이곳에서 육체를 보는 건 쉽지 않은 일입니다

오래전부터 이곳에 버려진 기계들이
너른 벌판 쪽으로 끝없이 증식하고 있습니다

이곳은 척박합니다
여러분은 척박을 호흡할 수밖에 없을 겁니다

기계 숲에 만연한 죽음이 당신의 삶을 관광합니다

여행이 움직이는 생물의 전유물은 아니니까요
고요한 것들은 세상을 움직여서 여행을 하니까요

광기는 이 숲을 번성케 합니다
내 환각 속 객들이여
내가 사라지지 않는 한 이곳도 당신들의 발길로 들끓겠
지요

부단히 착취되던 기계들은 이제

차가운 평온 속에서
뜨겁게
그저 존재하는 법을 익히는 중입니다

겁먹지 마세요
당신이 이르는 곳마다 내가 있습니다

기계 숲에 오신 것을 환영합니다

부드러운 습지로

자신이 천사라고 믿는 천사들이 스며든다 전나무 숲으로 어디가 천국인지 모르는 그들의 숨이 스며든다 침엽 사이사이로 갈 곳을 잃은 천사들은 우울한 표정이고 지는 해는 푸른 잎으로 얼굴을 씻는다 숲 뒤로 어른거리는 물줄기 위에 빛의 부스러기 가득한 채로 어떤 마음은 어두워진다 여기일까 아닌 것 같아 여기일까 잘 모르겠어 망설이는 동안 어둠은 달빛을 우려내고 천사들은 서로를 의심한다 우리가 천국을 찾지 못하는 건 네가 천사가 아니기 때문일지도 몰라 불신이 맑게 흐르고 모였던 천사들이 흩어진다 신은 우리가 죽게 내버려 두지 않을 거야 우리 중 누군가 죽어도 신이 오지 않는다면 죽은 자는 천사가 아니겠지 천사들은 죽음의 토너먼트를 시작하고 흩어진 발자국들이 모였다가 다시 흩어지고

천사들이 하나둘 사라진다

자신이 신이라 믿는 신이 내려와 천사들이 남긴 발자국을 밟아 본다 노래를 흥얼거리며 팔을 아름답게 휘두르며 고개를 숙였다 들며 동선(動線)을 따라 무릎을 굽혔다 편다

춤으로 피가 스민다

자화상

창으로 빛이 든다 나는 빛이 없다고 말한다 나는 속고 내 눈은 속지 않는다 두근거리는 빛의 잔상이 나를 에워싼다 검은 그림만 그리는 아이가 보인다 내 눈으로 빛이 든다 '왜 온통 검은 그림이니' 하고 아이에게 묻는다 빛이 없다고 생각하면 아이가 말한다 '나는 당신의 거짓말을 그리는 화가예요' 일렁이는 빛의 잔상이 나를 에워싼다 나는 절벽에 소리를 지른다 그리고 메아리가 돌아오기 전에 도망친다 자꾸 눈으로 빛이 든다 건반에 울림을 남기고 빠르게 이동하는 손가락처럼 무자비하게 나는 빛은 없다고 말한다 나는 속고 내 눈은 속지 않는다 돌아온 메아리는 내가 토한 한 마리 물떼새 같다 빛의 잔상이 나를 에워싼다 여인들이 미친 사람을 낳는다 메아리는 자신의 근거를 찾지 못한다 빛의 잔상들이 화음(和音)을 일으킨다 봉기한다 물떼새들이 날아오른다 나를 증오하려고

3부

때아닌 우기

긴 비가 잠시 그치자 새들이 나무 밖으로 날아와 눅눅
한 날개를 말린다
작은 웅덩이 안에는 웅덩이의 팔다리 없는 마음이 흐
른다

비 내리는 바다는 검다
검으니까
품은 것들
아침과 홍차, 연민, 아이와 구름, 복수심, 줄 없는 현악
기, 빛과 달
모조리 숨긴다

온갖 사랑이 침수된다

흑점

서랍 속에 서랍 속에 아픈 양초를 돌보는 소녀가 있다
불이 꺼질까 봐 손으로 불씨를 감싸고 양초 더미 옆에서
늘 선잠을 자는 소녀가 있다 나는 소녀가 있는 서랍을 더
큰 서랍에 넣고 나오지 마라 애야 제발 서랍 속에서 영원
히 초를 돌보렴 나는 그 서랍을 더 큰 서랍에 넣고 내가
너를 사랑하고 너는 그것으로 충분할 거야 서랍 속에 서
랍 속에 서랍 속에 창백한 소녀가 있다 소녀는 조심스레
초를 들고 서랍 틈새로 밖을 살핀다 서랍을 열면 더 큰 서
랍 밖에는 더 큰 서랍 촛농이 소녀의 발등에 뚝뚝 떨어진
다 서랍 속에 서랍 속에 서랍 속에 서랍 속에 소녀의 친
구는 양초뿐이다 꺼질 듯 희미한 노래를 흥얼거리는 하얀
수의를 입은 양초 나는 그 서랍을 더 큰 서랍 속에 넣는
다 더 큰 서랍 속에 더 큰 서랍 속에
　서랍이 점점 거대해진다

　불안으로 가득 찬 대기가 서랍 주변을 맴돈다 늑대처럼
　서랍 속에 서랍 속에 그 속에
　소녀는 태양의 눈처럼 어둡고
　눈 먼 태양은 온몸으로 빛을 뿜는다

> 어둠을 떠받치는 촛불이 흔들린다 계속 비틀거린다

애니메이션 극장

움직이는 그림에 반한 우리들이 핏빛 장미를 따라 숲으로 들어가요
까르르 웃다가 눈이 커졌다가 팔을 크게 벌렸다가 박수를 치기도 하면서
우리만 알아요 무엇이 보이는지

어딘가 아파서 웅크린 아이들은 작은 웅덩이로 변해요
웅덩이가 품은 하늘이 쇳덩이같이 차가워요

당신이 알 수 없는 그림들이 우리들 사이를 휘젓고 다녀요
우린 마냥 웃고
움직이는 그림들과 이야기해요 죽은 새가 지저귀듯

우리는 함께 노래하며
깊이
더 깊이

작은 심장을 반짝이면서

서로의 볼을 만져 주면서

우리는 당신이 필요하지 않아요

판화

압정이 든 젤리를 받았었지
분명 먹지 않았는데 아직도
뾰족한 기억이 몸속에 실금을 새기고

한쪽 눈이 푸른 고양이
반짝이는 푸른 눈은 어디서 왔을까
고양이는 늘 궁금한 표정

기린 목처럼 길고 긴 이야기들이
아카시아잎을 뜯고

기억은 음각이라서
자꾸 그늘이 고여

어제처럼 밥을 먹고
청소를 하고
화병에 꽃을 꽂아도

풀썩

어둠 쪽으로
넘어지는 사람이 있다

빛나는 먼지를 일으키며

새 떼가 날아간다

하늘이 읊는
한 번도 들어 본 적 없는 아름다운 구절이

초대

1
빗소리가 들린다
커튼을 여니 창밖의 식물이 뿌옇게 몸을 흔들고
물보라 물 구슬 같은 것이 스치고 지나간 유리창에
식물의 표정이 언뜻 비친 것 같기도

강변 잔디밭에서 우리는 테이블 위에 흰 식탁보를 깔고
각자 가져온 빵과 음식을 접시에 담고
와인을 따른다
흰옷을 입고 반짝이는 머리에 화환을 쓴다

지금껏 살아남아 성년이 된 것을 축하해
청청한 하늘 맑은 빛 속에서
우리는 악기를 연주하며 노래를 부른다

2
우연히 바라다본 강 위로
사람의 흠뻑 젖은 머리가 올라온다
어깨가

가슴이
물을 밀어내고
서서히 솟아오르며
우리에게 다가온다

허리까지 수면 위로 올라온 그가 멈춰 말한다
저는 먼 물속을 헤엄쳐서 여기에 왔습니다
저는 물의 음악에서 태어났지요

우리 중 하나가 그에게 묻는다
나와서 함께하시겠습니까

그가 대답한다
제가 물 밖을 나가면 모든 게 변할 것만 같아요

3
우리는 천천히 다시 음악을 연주하고 노래한다

환희와 공포로 가득 찬 표정으로
그가 몸을 떤다
물살이 그의 파동을 연이어 씻어 가도
그는 떨고
우리는 노래를 멈추지 않는다

그가 발작을 일으키며 음악과 몸을 뒤섞고
인간을 탈피한다
하늘로 치솟는 두 개의 물기둥이 된다

우리는 노래를 멈추지 않는다

소나기가 세차게 쏟아진다
와인 잔에 섞인 빗물이 넘쳐흐르고
얼룩지는 식탁보와 흐물거리는 빵

모두 흠뻑 젖는다

행간의 유령

무심코 낙서를 한다
종이 위에
물고기 몇 마리를 그린다

잠시
비눗방울 날리는
밖을
바라보다가

종이를 다시 보니
물고기가 없다

너는 산 것
너는 죽은 것

정해 주기도 전에

잃어버린 것과 잊어버린 것
어스름에

내 뒤에서 잠간
희미하게 웃을 것이다

빈 종이 위에
얼룩진 빛이 욱신거린다

아카시아* 섬

이야기 끝에 숨은 바다가 비늘처럼 돋아난다
내 몸엔 아카시아 나무 무성하고
희끗희끗 남은 자리에
두드러기 같은 별

아카시아 향으로 빚은 눈표범 하나
내 어깨의 차가운 능선을 어슬렁거린다

발자국을 지우려 돌아누우면
수평선이 코끝으로 바짝 다가오고
손이 닿지 않는 곳에 푸른 양들이 숨어 있다

눈표범은 굵고 부드러운 꼬리로 내 이마를 쓸고
바다가 가장 잘 보이는 곳에 앉아 숨을 고른다

벼랑 끝에서 푸른 양들이 빛나는 소금을 핥는다

사방에서 아카시아 향이 끝없이 밀려온다
향기가 지나간 자리마다 오한이 일고

푸른 양의 피가 바다 쪽으로 흘러간다

끝을 알 수 없는 돌림노래처럼
아카시아 꽃들이 무너진다 무너진다

내 얼굴 위로 눈이 쌓인다
푸른 양들은 풀을 찾아 어둑한 하늘을 건너가고
흩어지는 눈표범의 무늬가 하늘하늘 양들을 따라간다

꽃이 진 아카시아 섬이
소금처럼 시리다

* 아까시나무.

말몸물몽

작은 새는 날아갔고
빈 나뭇가지만 흔들리는 동안

말이 그렇게
흔들린다
물이 그렇게
흔들린다
몸이 그렇게
흔들린다
몽(夢)이 그렇게
흔들린다

말몸물몽
말몸물몽

작은 새가
저녁을 품고 날아온다

내 입술 사이를 관통한다

육면체의 완성

누군가가 해저에 이미 광케이블을 잔뜩 깔았는데
시인은 자신이 보내는 메일이 꿈이나 혼처럼 허공을 날
아간다고 생각합니다

상어가 케이블을 물어뜯기도 하는데
시인은 자신의 방에서 몽상을 합니다 태중에 있었을
때부터 한결같이
지상에 닿지 못하는 무릎을 끌어안고

나는 그 시인의 기억입니다
나는 오하이오에도 있고 북극에도 한국에도 있습니다

시인은 이렇게 쓰고 있군요
'차갑다'라는 말은 사실 사람에게 어울리지 않는다

그는 생각으로 몸을 짓습니다
아무런 장식도 없는 흰 육면체 모양의 집에서
이따금씩 비누 거품 같은 음성이 녹음되고 재생되고

눈에 푹푹 발이 빠지는 날이면
나는 시인에게 돌아가 보기도 합니다
설레는 마음으로
조용한 그의 집에 어울리도록
들리지 않는 노크를 하고

'안녕 내가 왔어'라고
소리 내지 않고 생각하며
문을 열어 봅니다

그런데
오늘은 정말 이상하군요

집 안의 벽과 바닥 천장에 수많은 못이 빈틈없이 박혀
있어요
한 발짝도 디딜 수 없을 만큼 빼곡하고 징그럽게

정말 이상한 일이네요

기다려도 시인은 오지 않고
비누 향 같은 목소리도 더 이상 들리지 않고요

나는 조용히 문을 닫습니다

그를 잘 안다고 생각했는데

오하이오에도 있고 북극에도 한국에도 있습니다
유령처럼 나는

초능력

홀로 거리를 떠도는 암캐는
상상만으로 젖을 만든다

나는 없는 애인을 상상하면
아름다워져

밤에도
늪지에 숨은 악어들의 눈이 결국
반짝이듯이

세상에 마지막 남은 예언가가
자신의 죽음을 예감하면

나는 죽은 어깨를 두른 유령처럼
쓸쓸해진다

개는 저보다 가여운 것들에게
젖을 물린다

빛과 어둠 사이의 커튼이 점점
야위어 가고

헛것들이 미친 듯 춤춘다

수평 저울

우주인 마음속에서 용암이 식는다

놀이터에서 아이들이
후——
비눗방울을 분다

우주인은 지구에서 애인에게
건네받은 사탕을 우물거린다

애인은 지구에 남아
자꾸 야위고 가벼워진다

뜨거운 별의 빈 골짜기에는
쇳물로 된 비가 내린다

우주인 눈동자 속에 김이 서린다
닦이지 않는

귀환이 늦어진다

검은 칼집이 되어

차가운 대리석 바닥 위
둥근 목재 상판으로 된 탁자는 소박하고 따뜻하다

"저는 그룬 마티니라는 차를 좋아해요."
"레몬 마들렌이나 얼그레이 사브레처럼 과일 향이나 차
향이 나는 다과를 좋아하죠."
그녀의 목소리는 느린 현악처럼 다정하다

천장에 맞닿은 창과 바닥에 깊게 드리운 빛
작은 탁자와 거울이 전부인 이곳에
레몬 향과 달콤하고 고소한 풍미가 공간을 무성하게 메
운다
나는 눈이 어두운 벌레처럼 향기로 이루어진 숲에 잠
긴다
미혹된 생물처럼 순순히 그녀가 따라 주는 차를 받는다

침대에는 늘 깨어나지 못하는 불면이 누워 있어서
그녀는 잠을 잘 자지 않는다고 했다

검은 드레스를 입은 그녀는 단아하고도 아름답다

우리는 에바 헤세에 대해*
테레사 마르골레스에 대해**
김수자와*** 차학경에 대해****
이야기를 나눴다

블렌딩된 차향과
감미로운 다과 향 속에서
검은 드레스를 입은 그녀가 무게중심이 되고

이 공간의 시간은 저 밖의 시간과 조금
다르게 흐르고
내가 느낀 모든 색채를 저 검은 드레스가 흡수한다

이곳은 비현실적이고 이상해서
그녀가 나가면 중력이 사라질 것만 같다
모든 것이 둥둥 떠오를 것이다

그녀는 자신이 읽은 철학 서적에 대해
이야기해 주었고
자신이 그린 스케치를 보여 주기도 했다

그녀를 사랑해도 될까
이곳에 언제까지나 머물고 싶다

날이 저물어 나는 결국
저택에서 나왔고
그녀는 기꺼이 문 앞까지 나를 배웅해 주었다

"안녕히 가세요. 오늘 참 즐거웠어요."

그녀가 웃으며 잠시 돌아설 때
검은 드레스는 등이 둥글게 파여 있었구나
드러나는 흰 등
정중앙에 꽂힌 단도
조금씩 흐르는 피

괜찮냐고 물어볼 수가 없다
너무 괜찮아 보여서
앞으로 영원히 물을 수 없겠지
누가 그랬나요 아름다운 당신에게

정말 환하군요
어둠이 돌보지 못하는 당신의 등

그녀가 지그시 문을 닫을 때
비릿한 피 냄새가 났다

* 에바 헤세(Eva Hesse, 1936~1970). 철망, 고무, 노끈, 라텍스, 유리섬유
등의 산업재를 주로 사용해 입체 작품을 만들었다. 모순적인 요소들을
감각적으로 융합하여 아이러니하거나 다양한 해석이 가능한 작품들을
제작했다. 주요 작품으로는 「계승Ⅱ(ACCESSION Ⅱ)」(1969)이 있다.

** 테레사 마르골레스(Teresa Margolles, 1963~). 예술과 통신과학을 전공한 후 병리학을 공부했다. 그녀는 주로 마약과 폭력에 무방비로 노출된 멕시코의 현실에 주목한다. 주요 작품은 「공기에서(IN THE AIR)」(2003)로 차별과 사회적 불의로 인한 폭력 사건의 희생자들을 부검할 때 그 시체를 닦은 물과 섞은 비눗방울을 이용한 설치 미술이다. 관람객을 반기며 쏟아져 내리는 비눗방울의 형태로 프랑크푸르트 현대미술관에 설치되었다.

*** 김수자(Kimsooja, 1957~). Kimsooja라는 하나의 단어로 이루어진 이름을 사용하며 결혼 여부와 성 정체성, 문화와 지리적 정체성이 이름에 담기는 것을 거부한다. 초기에 제작한 바느질 작업에서 오브제, 퍼포먼스, 설치 등을 아우르는 다매체 작품으로 발전시켰다. 한국 전통 이불보를 이용한 보따리 작업이 대표적이다. 주요 작품으로 「떠도는 도시들 ― 보따리 트럭 2727킬로미터(CITIES ON THE MOVE ― 2727KM BOTTARI TRUCK)」(1997)가 있다.

**** 차학경(Theresa Hak Kyung Cha, 1951~1982). 시인이자 작가, 퍼포먼스와 비디오 미술가, 영상 제작자. 미국 이민의 경험과 섬세한 감각을 바탕으로 언어적 탐구를 지속했으며, 이방인인 동시에 아시아계 여성으로서의 정체성에 대한 고민과 내밀한 상처를 은유적으로 드러낸다. 주요 작품으로는 『딕테(DICTEE)』(1982)가 있다.

하얀 성탄

밖이 조용하고
어두워서
전등을 켰어요

빛이 든 전등은
살아 있는 것 같아
안심이 돼요

살아 있지 않아도
상관없어요

나는 가진 것이 없어서
그런 기준도 없어요

다만 아름답게
눈이 내릴 뿐입니다

흰 발 고양이

보드라운 털 속에
홀로 숨은 윤곽

너무
가벼워

달에 사는 듯

아직 세상에 오지 않은
첫눈을 밟았네

너의 천진한 직감

가여운

생존 게임 — 봄낳이와 자수

어머니가 실과 바늘로 작업을 하신다 한 땀 한 땀 바늘이 나를 찌르고 실은 한 줄기 집요한 세계처럼 길어질 뿐이다 길어진 실이 낯선 땅 지평선에 가 닿고 그 위로 캐리어가 바쁘게 움직인다 비행기들이 굉음을 내며 이착륙을 반복한다

나는 잠시 어머니의 실이 가는 길을 놓친다

번식기에 가장 늦게 태어난 홍학이 소금사막에서 무리를 놓친다 어린 학은 가는 종아리에 하얗고 두껍게 굳은 소금을 끌고 별수 없다는 듯
삐 걱 삐 걱
죽음을 따라 걷는다

어머니는 바늘로 찌른 내 살갗에 송사리 눈처럼 말갛게 올라온 피를 보며 안도하신다
"살아 있구나! 역시 살아 있는 아이야!"
나는 수술대 위에서 의식을 잃고 고깃덩이처럼 얹혀 있다

> 어머니는 내 살을 뚫고 나온 실을 끊는다 한 시간 후에
내 삶을 다시 봉합하려고 잠시 반짇고리를 덮고 문을 열
고 봄볕에 구름처럼 피어난 개나리를 보러 나가신다

뒷마당에는 봄을 더듬는 쑥이 듬성듬성 푸르게 얼비친
다 어머니는 아끼던 신발을 꺼내 신고 땅을 밟아 보신다

잠시 의식이 돌아와 목마름에 사무친 나는 소독포를
두른 채 과거로 날아가 어머니의 젖이 고인 손바닥만 한
웅덩이를 찾았다 가까이 가서 보니 웅덩이가 끓고 있었다
구더기가 우글거렸다*

* 김도희, 「만월의 환영(MOON ILLUSION)」, 40×40센티미터, 모유 설
  치(플레이스막, 2012).

빛의 자매들

그런 날이 있어요 겨울은 갔고 봄은 오지 않은 자리
빈 연못과 앙상한 나무 그늘 사이에
빛이 무성할 때

큰 새가 무서워서 언니들의 손을 잡게 되는 날이요

나는 컴컴한 우주 한 구석에 너무 조그맣게 살아 있다
는 게 무서워요 빛이 내 자매들을 어루만지고 우리가 있
는 곳에는 늘 빛이 있고 차가운 어둠이 내려와도 기어이
흐르는 미지근한 달빛 속에서
  어둠 속 짐승들의 눈에서 튀어 오르는 불씨들

작은 불의 씨앗들이 나와 언니들을 따라와요 그것들이
우리를 잡아먹으러 와요

우리는 물속으로 뛰어들었어요
오직 믿음으로
지느러미를 돋게 하고 옆구리에 아가미를 트고

혹등고래가 울 때

짙푸른 물면으로 바위 같은 등을 부드럽게 내밀 때

바다 냄새 나는 고래의 말을 배우고 싶었어요 고래는
이상하고 푸른 소리로 무섭도록 아름다운 진실을 들려주
는 것만 같았어요 그러나 우리는 알 수가 없어서 다시 손
을 잡고

땅에 남은 자매들은

서로의 눈에 불을 붙여요

불씨가 꺼질까 봐 후 후 입김을 넣어 주며

다른 것을 보고 있어요

다른 세계로 떠나고 있어요

145초의 어둠*

물에 녹아든 소금처럼
불행은 그런 것

뿔을 빼앗길까 봐
뿔 없이 태어난 코끼리처럼

어딘가 불안한 모습으로 내 앞에 나타난 소년이
흐릿하게 웃으며 말한다

"나는 여기 있지만 내 목숨은 다른 곳에 있어서
당신은 나를 못 죽여."

그는 코트 주머니에서 종이와 펜을 꺼내
창백한 손으로 적은 무언가를 들어
내게 보여 준다

"당신 이름 맞지?"

그리고 내 이름이 적힌 종이를 천천히 접어

제 코트 안쪽 주머니에 넣는다

소년은 나에게서 시종일관 눈을 떼지 않는다
가까이 다가오지도 않는다

소년은 혼자 남아 흙장난을 하던
어린아이에게 다가가 손을 내밀며

"이제 집으로 가자."

손잡은 두 아이가 뒤돌아 나를 한 번 본다
아이들의 몸에 빛이 돌아
그들의 그림자를 지워 버렸고

주변을 어둡게 했다

* 필립 오고젤스키(Filip Ogorzelski), 2019년 7월 2일 개기일식의 순간을
담은 천문 사진 작품 제목.

작품 해설

뒤란의 빛

1 뒤를 잊는 세계

전수오의 시에서 단연 눈에 띄는 것은 빛에 대한 감각이다. '빛'이라는 시어의 쓰임이 빈번하거니와 꼭 직접적인 시어를 제시하지 않더라도 오렌지와 같은 황금빛 열매로 비유되는 이미지("오렌지가 창가로 굴러온다/ 그림자가 따라 붙는다", 「열매의 모국」) 또한 빛을 가리키고 있기 때문이다. 그런데 전수오의 시에서 빛은 우리가 그것에 대해 떠올릴 수 있는 흔한 이미지, 예컨대 찬란한 빛이라거나 따사로운 햇살, 한 줄기의 희망과 같은 긍정적인 뉘앙스만을 갖고 있지는 않다. 예를 들어 「감광(感光)」의 첫 행에서 "나는 햇빛을 보면 사라진다"고 말하듯, 햇빛은 시적 화자의 존재를 무화시키거나 "감광(感光)"의 사전적 정의처럼 빛에 감응해 변화를 일으킬 만큼 강력한 것으로 보인다. 이러한 위험에도 불구하고 "한쪽 벽에 해를 그리고", 하다못해 "더 크고 빛나는 해를"(「감광(感光)」) 그릴 만큼 시인이 빛에 대한 탐구를 집요하게 지속하는 까닭은 무엇일까? 빛은 시인에게 있어 어떠한 의미를 갖는가?

이 물음에 대한 해답을 찾기 위해서는 두 가지의 생각을 전제로 하는 것이 좋겠다. 첫 번째는 시인이 한 권의 시집에 걸쳐 온통 빛에 대해 말하고 있지만, 그것이 전부 같은 빛은 아닐 거라는 사실, 두 번째는 그렇게 빛에 대해 말하고 있음에도 정작 시인이 말하고자 하는 바를 깨닫기 위해서는 우리가 '보고 있는' 빛이 아닌, 그 이면에 집중해야 한다는 것이다. 이에 대해서는 「모든 개들은 천국에 간다」의 한 부분("반짝이는새것들로가득찬지하상가를냄새처럼다정히통과했지만/ 문득 돌아보면/ 등 뒤에서 부드럽게 뭉개지는 선홍빛 주인 주인님")이 뒷받침해 줄 수 있을 것 같다. 눈앞의 반짝이는 새것을 쫓느라 등 뒤에서 뭉개지고 있는 선홍빛의 죽음을 잊어버리고 마는 일들, 죽어 가면서도 "주인 주인님" 하고 애타게 부르는 이들을 너무 쉽게 잊는 일들은 한 개인이 아닌 이 세계가 저지르고 있는 만연한 과오다. 이와 같이 뒤란을 잊은 세계는 전수오의 시에서 월식에 비유되기도 한다. 태양 — 지구 — 달로 배치되어 지구의 그림자에 달이 가려지는 현상을 가리키는

월식은 등 뒤에서 일어나는 일들을 망각하는 지금-여기와 닮은 모습이다. 어떤 이는 "나는 볼 수 없는 뒤란이 있"(「하얀 사원」)다고 하지만, 세계의 이기(利己)에 의해 이제는 '보지 않는' 뒤란으로 변모해 버렸다고 보아도 좋을 것 같다. 이 시집에서 전수오는 우리가 망각하고 있는 세계의 뒤란을 정확히 직시한다. 피하지 않고 목격하며, 목격한 사실에 대해서는 분명히 말하겠다는 듯한 빛 속의 결의가 있다. 시인은 빛을 향해 걸어간다. 눈앞의 빛을 등지는 대신, 또 다른 빛을 향해. 컴컴한 어둠밖에 보이지 않는 등 뒤, "검은 점"으로밖에는 보이지 않는 곳이라 할 수도 있겠지만, "그곳으로 언뜻/ 과자 부스러기 같은 빛이"(「유리구」)든다고 느꼈다면 그것만으로도 시인에게는 뒤란을 살필 이유가 충분하기에. 그 작은 빛을 확인하기 위해서는 우리 역시 뒤를 돌아봐야만 한다.

2 '우리'라는 연결

전수오가 주목하고 있는 세계의 뒤란은 앞서 이야기한 것처럼 죽음의 이미지로 가득하다. "백사장엔 죽은 조개들만 가득해/ 여기저기/ 침묵이 벌어져 있다"(「발성 연습」)거나, "열대에서 온 새들이 유리벽에 머리를 부딪혀 후드득 떨어진"(「온실」) 모습, "언제부터 여기 있었던 것"인지 모를 만큼의 오래된 "식물의 뼈"(「원예 게임」) 등과 같이 사라져 가는 존재들을 발견하는 일은 어렵지 않다. 중요한 것은 이들의 죽음이 생태계의 흐름 안에서 자연의 순리를 따른 것이 아닌, 인간에 의해 벌어진 사건이라는 사실이다. 게다가 죽어 가는 건 비단 생명을 가진 것들뿐만이 아니다. "이곳에서 육체를 보는 건 쉽지 않은 일"이라지만, 인간들에게 "부단히 착취되던 기계들"마저도 "만연한 죽음"(「기계 숲 안내자」)을 맞이하는 결말에 이르렀으니 말이다. "너른 벌판 쪽으로 끝없이 증식"하는 죽음이 그들에게는 "그저 존재하는 법"이라는 사실은 이 시대의 가장 참담한 아이러니다.

한 발 한 발 내디딜 때마다 죽음이 밟히는 참혹한 현장을 목격한 이의 증언은 이와 같은 진술로 끝나지 않는다. 시인은 「작물 게임」, 「원예 게임」, 「생존 게임」과 같은 '게임' 연작을 비롯하여 「트로피」 등 몇 편의 시편에서 보이는 게임 속 세계를 통해 무참한 현실을 다시금 강조한다. 게임이라는 놀이가 갖는 가장 큰 메리트 중 하나는 바로 리셋이 가능하다는 점일 테다. 플레이어가 죽었을 경우에도 리셋을 통해 다시 게임을 진행할 수 있으며, 플레이 방향이 마음에 들지 않을 때에도 리셋을 통해 원하는 삶을 살아갈 수 있다. 가령 「작물 게임」의 화자처럼 말이다.

나는 달콤한 사과를 먹고

오랫동안 죽지도 않는다

여러 번 직업을 바꾸고
전에 쓴 일기를 뜯어 고쳤다

붉고 무심한 얼굴이
잎사귀에 파묻히도록
농부는 사과에 정성을 쏟는다

넘쳐흐르는 빛에
구석구석 그늘이 씻길 때
나는 어둠을 품은 말문을 닫는다

혼자 견디려고
그저 견디려고
붉은 사과만 골라 담는다

——「작물 게임」 부분

　사과가 너무 달아서 "비현실적"으로 느껴지는 세계, 게임 속의 세계에서 '나'는 "여러 번 직업을 바꾸고/ 전에 쓴 일기를 뜯어 고"치기도 하며 "오랫동안 죽지도 않"고 살아간다. "비현실적"인 "단맛"을 가진 사과를 먹을 수 있는 것도, "직업을 바꾸"거나 일기를 고쳐 쓸 수 있는 것도, 하물며 "오랫동안 죽지" 않을 수 있는 것 또한 '게임'이라서 가능한 것일 테나 이 안에서 '나'의 삶은 사과만큼의 "단맛"을 갖지 않는다. 오히려 농부가 정성스레 가꾼 달콤한 맛의 사과와 대비될 뿐이다. 그렇기에 오랜 생의 "넘쳐흐르는 빛"에 두드러지는 건 '나'의 "어둠을 품은 말문"이다. "혼자 견디려고/ 그저 견디려고" 사과만 골라 담는 '나'의 모습에 비춰 보게 되는 건 결국 게임이 아닌 현실의 삶이다. 생을 통과하는 고통의 시간을 감각하며 어떤 게임의 플레이어는 이렇게도 묻는다.

식물은 점점 사냥에 능숙해졌다 녹색 몸에 늘 혈흔이 서늘했다

마지막으로 사냥한 것은 그를 둘러싼 세계의 설계자였다 머리에 빛나는 링을 얹은 남자였다
식물이 그에게 물었다 "왜 이 세계의 가능성은 늘 피투성이입니까?" 남자가 말했다 "저는 답을 알고 시작한 게 아닙니다. 이것은 실험입니다."

─「원예 게임」 부분

"세계의 설계자", 즉 신과 같은 절대자에게 식물은 "이 세계의 가능성"에 대해 묻는다. "피투성이"일 수밖에 없는 필연적인 이유에 대해. 하지만 돌아오는 대답은 "실험"이라

는 것. 사냥처럼, 누군가를 죽여 살아남는 방식의 생을 살아야만 하는 이유가 누군가의 한낱 "실험"에 불과하다는 사실은 더없이 참혹하나 동시에 이는 우리가 살아가는 세계를 굴리는 가장 흔한 논리 가운데 하나이기도 하다. 심지어 신도 아닌 이들이 저마다 아주 얄팍한 세계를 꾸려 자연 위에, 그리고 인간 위에 절대자로 군림하려 들지 않는가.

붙잡고 싶은 것이 없어서 자주 길을 잃었다
나무를 패고 돌을 날라다가 애써 집을 짓고 밖에서 잠이 들었다

내가 버리고 간 집마다 누가 와서 살았다
아이들이 태어나 기어 다니고, 걷다가 뛰어다닐 때쯤 어른들과 멧돼지를 잡으러 갔다
사냥 나간 사람들이 며칠째 돌아오지 않는다 남은 사람들은 모닥불 주위에 둘러앉아 두 손을 모은다 그러면 아이들이 태어나고

문을 만들면 그곳으로 빛과 온도, 감정이 드나들었고, 집을 만들면 사람들이 생겨났다
나는 그게 너무 재미있어서 더 오래 관찰하려고
사람 곁에 가지 않는다 사람이 되지 않는다

다른 곳에 가서 집을 짓는다 또 다른 이야기를 기다리면
서 사람들을 바라보고

　사람들이 뒤에서 나를 바라보고, 등으로 쩍 하는 소리와
함께 창이 꽂힌다
　놀란 나는 앞으로 쓰러지고 며칠째 집에 돌아가지 못한
사람들이 나를 잡아 집으로 돌아간다 기다리던 사람들이
환호한다 그들은 나를 조금씩 나누어 가지고 각자의 집으로
돌아간다

　나는 내가 지은 집에서 그들과 첫 잠에 든다

—「생존 게임」

　게임 연작 중 가장 주목을 요하는 위의 시는 내용이나
전개와는 별개로 단번에 이해하기 쉽지 않다. 그 이유는
바로 '나'라는 화자 때문일 것인데, "나무를 패고 돌을 날
라다가 애써 집을 짓"는다는 점, 사람들의 곁에서 "또 다
른 이야기를 기다리면서 사람들을 바라보고" 있다는 점
등에서 화자의 행위가 인간 같다고 느껴지는 부분도 있
지만, 무엇보다 '읽는 나'를 중심에 두고 읽기를 수행하기
에 '말하는 나'(화자) 역시도 인간일 거라는 손쉬운 착오
를 범하는 까닭에서다. 그렇기에 시의 전반부를 읽을 때에
는 무의식적으로 '나'를 인간으로 가정해 읽더라도 이해에

큰 무리가 없지만, 후반부에 이르러 사람들이 '나'를 공격하고, "나를 조금씩 나누어 가지고 각자의 집으로 돌아"가는 장면에서는 혼동이 오기 마련이다. 인간중심적인 사고의 패착에 따라 이 지난한 '생존 게임'에서 살아남아야 하는 존재에 대해 재고해 보면, 이 목소리의 주인은 인간이 아닌 동물이라는 결론에 이르게 된다. 그렇게 다시 처음부터 '나'의 목소리를 바꾸어 읽을 때, 이 시의 모든 장면은 공포이자 고통으로 변모한다. 화자를 인간으로 두고 읽을 때 생존 게임은 단지 게임 속 설정으로 주어진 상황과 같으나, 그 목소리가 동물의 울부짖음으로 듣는 순간, 어떤 존재에게 삶은 리셋 할 수 없는, 생존 그 자체이기 것을 깨닫게 되기 때문이다. 전수오가 그리는 게임 속 세계에 '가상'이라는 이름을 붙일 수 없게 되는 것도 이러한 이유에서다. 우리에게 버튼 하나에 불과한 리셋조차도 누군가의 생을 위해 또 다른 누군가는 죽음을 반복하게 된다는 의미이므로. 그렇다면 이 세계는 가상이 아닌, 오히려 현실과 맞닿아 있는 것이 아닌가. 현실과 다르지 않은 세계, 그 안에서 일어나는 당연하지 않은 죽음들을 목도하는 전수오의 시는 실험이라는 명분 아래 견디고 끝내 희생되어야 했던 이들의 이야기를 담는다. 우리가 잊고 있던 자리의 아픔을 기억할 때, 또 다른 빛에 대한 희망을 쥐어 볼 수 있다는 듯, 시의 물결 사이 어디에선가 새로운 빛이 반짝이기 시작한다. 더 이상 혼자가 아닌 '우리'가 되어 하나로 연결되는 것 또한 지금부터다.

　　꿈을 만진 아이들이 서로의 흰 손을 잇는다
　　지구의 궤도를 지난 우주선에 혼자 있는 개는 죽고, 중력
을 잃은 한 모금의 기도만이 떠돈다

　　모두가 웃으며 손을 흔들어 주었는데 아무도 돌아오는 법
을 알려 주지 않았어
　　작별을 웅얼거리듯 가끔은 지구 한구석에 비가 내린다

　　(……)

　　우리는 아무것도 몰라요 아이들은 서로의 흰 손을 조몰
락거릴 뿐 살아 있는 모든 순간이 처음이에요

　　낮게 울리는 목소리에 차례로 묻어 둔 새벽
　　홀로 죽은 사람들이 조금씩 걸어 나온다
　　사탕 목걸이처럼 바스락거리는 목숨들
　　입에서 입으로 빛줄기를 물고

　　어머니, 향방을 모르는 혀가 자꾸만 젖어요
　　　　　　　　　　　　　　　　　　　　　—「빛의 체인」 부분

표제작인 「빛의 체인」은 '우리'라는 연결의 시작점에 놓이는 시다. "지구의 궤도를 지난 우주선에 혼자 있는 개"는 세계 최초로 생물을 실은 인공위성인 스푸트니크 2호에 타고 있던 개, 라이카를 떠올리게 한다. 유인 우주선에 대한 긍정적인 가능성을 바라며 "모두가 웃으며 손을 흔들어 주었"지만, "아무도 돌아오는 법을 알려 주지 않"아 우주에서 쓸쓸히 죽음을 맞이한 라이카를 비롯해 앞서 이야기한 약한 존재들, 또 이 글에서 다 말하지 못했지만 전수오의 시에서 조명하는 생존 게임의 주체들을 기억하고 시로써 부를 때, "사탕 목걸이처럼 바스락거리는 목숨"을 가졌던 "홀로 죽은 사람들", 그리고 "꿈을 만진 아이들"은 조금씩 제 모습을 드러낸다. 영영 혼자였다면 가능하지 않았을지도 모르나 여기 이렇게, 자신과 같은 존재들이 너무나 많으므로. 더는 혼자가 아니라는 것을 알게 된 이들은 "입에서 입으로 빛줄기를 물고", 흰 손을 이어 '빛의 체인'을 만든다. 이 단단한 연대의 결속 안에서 '우리'라는 새로운 범주가 가능해진다. 불씨가 모여 큰불을 이루듯, 희미한 빛 또한 꺼지지 않는 믿음 안에서 환한 빛을 이룰 수 있다. 어쩌면 세계를 눈멀게 만들었던 저 환한 빛 앞에 다시 서게 될 날이 있을 수도 있다는 희망을 품게 만드는.

3 일렁이는 빛의 움직임으로

　1부의 마지막 시가 「빛의 체인」이었던바, 2부의 첫 시인 「첫 세계」는 '우리'라는 새로운 결속 이후 맞이하는 '첫 세계'라는 점에서 주목할 만하다. 「빛의 체인」에서 이어지는 듯한 이 시에서 '우리'는 새롭게 맞이할 '첫 세계'를 기대하고 있는 것처럼 보인다. 눈길을 끄는 건 "무슨 색깔로 피어날지 몰라서/ 영원히 편식을 하고 싶어서/ 어른들을 사냥하지 않았다"는 첫 연이다. '우리'의 다짐과 같은 이 말에는 어른들에 대한 경계와 함께 어른들의 색으로는 태어나고 싶지 않다는 분명한 의지가 담겨 있다. 어른들의 색이 정확히 어떤 색을 의미하는지에 대해서는 명확하게 알 수 없지만, 여러 시편을 통해 인간과 동식물, 강자와 약자, 나와 너, 산 것과 죽은 것처럼 모든 대상을 이분법적으로 구별하는 태도와 관련되어 있음을 유추해 볼 수 있었다. 그도 그럴 것이 전수오의 시에는 색채 이미지의 쓰임이 잦은데, 그중에서 대부분을 차지하는 것이 흰색과 검정색의 이미지이나 동시에 단일한 색의 쓰임을 부단히 경계하는 것처럼 보이기 때문이다. 가령 「때아닌 우기」에서 "비 내리는 바다는 검다"며 화자가 검은 바다 이미지를 전면에 내세우고 있지만, 이내 "검으니까/ 품은 것들"이 있다고 말한다. "아침과 홍차, 연민, 아이와 구름, 복수심, 줄 없는 현악기, 빛과 달" 등을 "모조리 숨"기고 있는, 그리하여 "온갖 사랑이 침수"되어 있다고 말할 만한 것 또한 검은 바다인 것이다. '우리'의 '첫 세계'가 "무슨 색깔로 피어날지"(「첫 세계」) 모르는 만큼, 이 세상에는 너무도 다양한 색이 있다는 것을, 하나의 색 안에 그 모든 걸 가두어 둘 수 없다는 사실을 아는 시인은 이처럼 침수된 자리의 색들을 들여다보고자 한다. 또한, 검은 것과 흰 것, 그 사이에서 흐르는 피를 외면하지 않으려 한다.

블렌딩된 차향과
감미로운 다과 향 속에서
검은 드레스를 입은 그녀가 무게중심이 되고

이 공간의 시간은 저 밖의 시간과 조금
다르게 흐르고
내가 느낀 모든 색채를 저 검은 드레스가 흡수한다

이곳은 비현실적이고 이상해서
그녀가 나가면 중력이 사라질 것만 같다
모든 것이 둥둥 떠오를 것이다

(……)

날이 저물어 나는 결국

저택에서 나왔고
그녀는 기꺼이 문 앞까지 나를 배웅해 주었다

"안녕히 가세요. 오늘 참 즐거웠어요."

그녀가 웃으며 잠시 돌아설 때
검은 드레스는 등이 둥글게 파여 있었구나
드러나는 흰 등
정중앙에 꽂힌 단도
조금씩 흐르는 피

괜찮냐고 물어볼 수가 없다
너무 괜찮아 보여서
앞으로 영원히 물을 수 없겠지
누가 그랬나요 아름다운 당신에게

정말 환하군요
어둠이 돌보지 못하는 당신의 등

그녀가 지그시 문을 닫을 때
비릿한 피 냄새가 났다

─「검은 칼집이 되어」 부분

멋진 홈 파티에 초대받은 기분이 드는 이 시의 중심인물은 파티의 호스트로 보이는 "검은 드레스"를 입은 그녀다. 단아하고 아름다운 모습의 그녀와 차와 다과를 즐기는 이곳은 어쩐지 "비현실적이고 이상"하게 느껴지곤 한다. 저택이라는 공간이 주는 무게와 들뜬 분위기 때문인가 싶기도 하지만, 이 낯선 감각의 원인은 그녀의 "검은 드레스"에 있다. 그것은 마치 블랙홀처럼 여겨지며 "내가 느낀 모든 색채를" "흡수"하고 있기 때문이다. 이러한 감각은 그녀와 나누었던 이야기, 예컨대 "에바 헤세", "차학경" 등 여성이라는 정체성에 대한 고민과 탐구를 자신의 작품 안에 녹였던 예술가에 대한 이야기를 나누며 느꼈을, 여성으로서의 공통 감각에 대한 감정적인 공유와는 상이한 것이었으므로 '나'에게는 더욱 낯설게 다가올 수밖에 없다. 한마디로 일축할 수는 없지만 어딘가 내내 불편한 이 느낌은 그녀의 집을 나설 때, 배웅을 하고 돌아서는 그녀의 "흰 등"을 마주하는 순간, "정중앙에 꽂힌 단도"로 인해 더욱 선명해진다. 그로부터 "조금씩 흐르는 피"는 "검은 드레스"와 "흰 등"이라는 대비 사이로 날카롭게 침범하는 뒤란의 고통이다. 고급 저택과 준비된 다과, 드레스와 같이 보이는 것들로 포장된 단아하고 아름다운 모습 뒤에 감춰진 여성 주체의 내밀한 상처는 우연히 등을 보일 때에만, 누군가 그것을 보려고 했을 때에만 겨우 드러난다. 이쯤에서 「검은 칼집이 되어」라는 제목의 의미를 다시금 생각해

보게 된다. "검은 드레스"를 입은 그녀를 뜻하는 듯한 '검은 칼집'은 날카로운 칼을 보관할 수 있는 안전장치로 기능한다. 하지만 그러한 역할을 수행하기 위해서 칼에 찔리는 것 역시 칼집이 아니던가. 수없이 찔려 피를 흘리는 것 또한 칼집이 감내해야 하는 고통인가? 등 뒤를 겨누는 칼과 그것을 겨누는 이에 대해서는 왜 아무도 묻지 않는가? 다양한 물음을 남기는 이 시에서와 같이 전수오는 앞/뒤, 검은 것과 흰 것 등 양분되는 대상을 찢는 이미지를 통해 구조를 흔든다. 보아야 하고, 말해야 하는 것을 외면하지 않는 시인의 일관된 태도는 앞서 차근히 말해 온 것처럼 결국 뒤란의 이들을 향해 있다. 그들을 산 자 혹은 죽은 자로 구분 짓지 않고, 또는 경계해 온 것처럼 흑백 논리 안에 가두지 않기 위해 시인은 자신이 아는 한 가장 공평한 세계를 열어 주려 한다. 그것은 지금까지 시인이 그들을 불러온 자리, 바로 이 행간으로 열린다.

무심코 낙서를 한다
종이 위에
물고기 몇 마리를 그린다

잠시
비눗방울 날리는
밖을

바라보다가

종이를 다시 보니
물고기가 없다

너는 산 것
너는 죽은 것

정해 주기도 전에

잃어버린 것과 잊어버린 것
어스름에

내 뒤에서 잠깐
희미하게 웃을 것이다

빈 종이 위에
얼룩진 빛이 욱신거린다

———「행간의 유령」

    종이에 남긴 "물고기 몇 마리"의 낙서는 "잠시" 창밖을
바라보는 동안 휘발된다. 그것이 "산 것" 또는 "죽은 것"이
라 "정해 주기도 전에" 날아가 버린 풍경이다. 어쩌면 모든

것을 가장 자유롭게 유영할 수 있게 만드는 건 '살아 있다'는 규정이 아닌, 행간 사이에 그저 그것을 불러올 때가 아닐까. "빈 종이 위에" 남은 물고기는 없지만, "얼룩진 빛"이 반짝일 수 있는 것 또한 '행간의 유령'으로 그들이 존재할 때인 것 같다. 행간에서 사라진 이들은 그대로 흩어져 사라지는 것이 아니다. "종이에 아이들을 모아서 돋보기로 태우면 아이들은 구전이 되고 그 애들을 다시 적으면 글이 되고 그렇게 놀다 보면 아이들은 여인들의 입술에서 다시 피어"(「구연동화」)난다는 구절처럼 또 어느 행간에선가 글로, 어느 입에서는 말로 제 몸을 갖게 될 테니 말이다. 그렇게 말로, 글로, 뒤란에 있던 이들이 행간에서 다시금 반짝일 때, 빛의 체인은 더욱 길게 연결되며, 더욱 환히 밝혀 올 것이다. 그리고 언젠가 일렁이는 빛의 움직임으로 우리 앞에 서게 되리라. 눈앞의 빛을 뒤덮는 또 다른 빛으로, 바로 이 시처럼.

"이제 집으로 가자."

손잡은 두 아이가 뒤돌아 나를 한 번 본다
아이들의 몸에 빛이 돌아
그들의 그림자를 지워 버렸고

주변을 어둡게 했다

―「145초의 어둠」 부분

 시집의 문을 닫는 시는 145초의 어둠, 일식이다. 뒤란을 망각한 이들이 쫓고 있던 빛을 가리며 뒤란의 존재들이 모습을 드러낸다. 시인이 행간에서 그들을 불러내며 꾸준히 엮어 온 빛의 체인이 만들어 낸 값진 결과일 것이다. 비록 145초에 불과한 짧은 순간이나 영영 어둠을 모르고 살았던 이들에게 이 잠시의 암전은 잊고 있던 자리를, 그곳의 목소리를 떠올리게 하기에 적지 않을 테다. 어둠이 깔린 사이, 그 뒤에서 우글거리는 빛은 또 어느 시의 행간에선가 반짝일 이들이다. 그러니 어둠이 사라진다고 해도 우리는 그들을 잊지 않을 것이다. 빛나는 행간으로 가득한 시집을 손에 쥐고 자꾸만 뒤를 돌아보게 될 것이다.

지은이 전수오

2018년《문학사상》신인상을 받으며 작품 활동을 시작했다.

빛의 체인

1판 1쇄 찍음 2023년 1월 6일
1판 1쇄 펴냄 2023년 1월 20일

지은이 전수오
발행인 박근섭, 박상준
펴낸곳 (주)민음사

출판등록 1966. 5. 19. (제16-490호)
서울특별시 강남구 도산대로1길 62(신사동)
강남출판문화센터 5층 (06027)
대표전화 02-515-2000 / 팩시밀리 02-515-2007
www.minumsa.com

ⓒ 전수오, 2023. Printed in Seoul, Korea

ISBN 978-89-374-0927-1 04810
        978-89-374-0802-1 (세트)

민음의 시
목록